KB147218

푸른사상
시선

86

달의 알리바이

김 춘 남 시집

푸른사상
PRUNSASANG

푸른사상 시선 86

달의 알리바이

인쇄 · 2018년 4월 20일 | 발행 · 2018년 4월 27일

지은이 · 김춘남
펴낸이 · 한봉숙
펴낸곳 · 푸른사상사

주간 · 맹문재 | 편집 · 지순이, 김수란 | 마케팅 · 김두천
등록 · 1999년 7월 8일 제2-2876호
주소 · 경기도 파주시 회동길 337-16(서패동 470-6) 푸른사상사
대표전화 · 031) 955-9111(2) | 팩시밀리 · 031) 955-9114
이메일 · prun21c@hanmail.net / prunsasang@naver.com
홈페이지 · http://www.prun21c.com

ⓒ 김춘남, 2018

ISBN 979-11-308-1333-2 03810

값 9,000원

푸른사상 시선 86

달의 알리바이

✼

의사는 시체 부검으로 죽음을 규명하고,
시인은 시체(詩體) 부검으로 삶을 규명한다.

✼

　시에는 어둠 속의 콩나물 같은 가로등 켜지는 밤이 있고, 의식에 시동을 거는 물음표가 있다. 제주 풀 뜯는 사람들과 서울 물 먹는 말들이 있고, 결코 알리바이가 성립될 수 없는 내 죄가 있고, 무쇠를 녹인다는 말로 갚아야 할 천 냥 빚도 있고, 눈물을 녹여 만든 종소리도 들린다. 시 한 편에는, 낭패도 패로 돌이켜 십기일전할 수 있는 묘미가 있다. 아! 시도 때도 없이……

2018년 봄
김춘남

| 차례 |

■ 시인의 말

제1부

에스프리 13

마음아 너는 14

시의 초상 16

풍수지리설 17

달마 18

가슴 20

빨래 22

법 23

눈물길 24

물거품의 노래 26

새 28

낱낱이 샅샅이 30

쥐불놀이 32

득도법 34

고비사막 36

제2부

러시아워　39

빗방울 소묘　40

시간의 분노　41

빈터　42

안팎으로 발효하는　43

싸움　44

정년퇴직　46

세월　48

거미　49

염소는 힘이 세다　50

막이 내렸다　52

순천에서 화순까지　54

감을 깎다가　56

제3부

증명사진   59

넥타이   60

피리   61

피와 피의 끌림   62

다시 그리워지더라   64

굳이 말하자면, 그것은   66

안개 사우나   68

이어도   70

그는 미궁에 산다   71

빵 굽는 남자   72

꼬리   74

상표 인간   76

허구한 나날의 허구   77

제4부

식언   81

즐거운 환자   82

달의 알리바이   83

동상동   84

파업   86

불로소득   88

파란 대문   90

활짝 핀 홍매화 보기 됴은 봄날   92

아버지   94

소문   95

법주   96

산복도로   97

문패   98

즐거운 인생   100

■ 작품 해설

방목된 말(言)의 유토피아로 – 박형준   103

제1부

에스프리

　나의 이니스프리는 에스프리다. 하지만 에스프리는 이니스프리의 호수 섬이 아니다. 에스프리가 호면처럼 펼쳐져 있을까? 내 온몸이 온종일 기다려도, 내 온몸이 밤낮으로 찾아도 에스프리는 일언반구 없다. 아니, 어쩌면 에스프리는 앞을 볼 수 없는지도 모른다. 봄날이 와도 홍매화 향기처럼 잠시 머물 뿐. 연분홍 치맛자락이 봄 강물 적셔도 나의 에스프리는 어느 어두운 구석에 홀로 쭈그린 채 초경에 놀란 사춘기 여자애처럼 웅크려 있는지 모른다.

마음아 너는

도대체 어디에 사는가

구도자들이 즐겨 찾는 히말라야 산맥인가
마리아나 해구의 심연인가
고비 사막인가
시베리아 벌판인가
아니면,
히페르보레이인가, 로도스인가
젖과 꿀의 가나안인가
무릉도원인가

어딘가, 그곳은

동방박사가 경배한 말구유인가
만다라 꽃비 내린 룸비니인가
베데스다 연못인가
아오지 탄광인가
아니면,

금싸라기 땅인 명동인가
개발이 제한된 그린벨트인가
'위험! 접근 금지'의 155마일 휴전선인가

지도에도 없어
오늘도 사방천지 보물 찾듯
찾아 헤매는 모두에게
너는 무엇인가, 마음아

시의 초상

꽃 한 송이
홀로 피었다
절로 지는
눈물의 열반

말씀의 불시울

풍수지리설

좌청룡 우백호에 배산임수,
이는 명당의 조건이지.

구중에 마련하는 유택 이사
지리를 살피고 풍수의 맥을 짚지만,
생전은
사후마냥 양지바르고 아늑하지 못한
구절양장에 우여곡절,
예의 벗어난 미학이지.
자주적이지 못할 때에는
자조적이 되어 자주 열에 들뜨지.
사상누각마저 여의치 못한 꿈인데
주제넘은 공중누각 지어
제목 없이 떠돌면,
떠돌다 삭신은 풍수를 이루고 마는

좌충우돌투성이 속 산전수전,
이는 생의 표정이지.

달마

1.

냄새는 코에 걸고
소리는 귀에 걸어야지

냄새를 귀에 걸고
소리를 코에 건다고

냄새가 귀로,
소리가 코로 들어갈까.

2.

하룻밤으로도 만리장성을 쌓는데,
9년 면벽은 무엇을 허물었는가.

3.

나를 두고 무슨 놈의 말들이
그리도 많아,

천날만날 왈가왈부하는고.
독경은 집어치우고
꼴값이나 하거라
이놈의 말들아

가슴

1.

다른 이의 가슴속도
첩첩 산일까.
계곡이며 능선 이룬 피와 살과 뼈의
다양한 광맥이
수백 혹은 수천 미터의 심층부에 형성되어 있을
침묵의 그 속은,
잠 못 이룬 많은 날들이
변용을 거쳐 매장되어 있으리라.
무연탄을 비롯하여 철광석, 구리 등이거나
드물게는 금광석도……
이들을 일찍 발견한 이는 이미 캤거나,
아니면 아직 발견치 못했거나,
아예 부존 가능성마저 타진해보지도 않았거나……

2.

내 가슴속도
동서남북 어딘가에 광맥이 뻗쳐 있다.

시일이 얼마나 소요될지 모르나,
지반을 갖추고 채광에 임하리라.
빛에 눈뜨는 어둠을 만나보리라.

    3.
세상은 다름 아닌 나의 가슴
내 가슴속에 있다.

빨래

꺼내어놓은 소지품들이 그대로다.
어느 한 가지도 제대로 소화된 게 없다.

안에서 밖으로 끌려나온 주머니
뒤집힌 욕망의 입맛 잃은 혓바닥
풀이 죽어 시무룩하다.

(쯧, 쯧)

세제가 풀린 더운 물 속,
그간의 행적이 꾀죄죄한 죄로 드러나는
두세 시간의 피정

양수 속에서 거듭 태어난다.

법

달마와 루이 14세는 닮았다.
닮았지만 길은 달랐다.

달마는 벽을 마주 본 채
침묵으로 자신에 대해 9년을 보냈고,
루이는 백성들을 향해 두루 큰소리로
'짐은 곧 국가다'라고 침이 튀도록 강조했다.

달마도 법, 루이도 법.
정통성은 불문에 부쳐지고······
두 사람은 죽어서 각자의 이름으로 법을 남겼다.

달마는 화두, 루이는 단두를

눈물길

기가 막혔다. 눈물길이 막혔으니……

길은 어디에나 있다고 하더라만,
미처 몰랐다.
눈물에게도 길이 필요한 줄은 정말 몰랐다.
무심코 사는 것도 바빠서
세례만 받고 교회에 안 나가는 신자처럼
눈물의 존재를 잊고 산 지도 꽤 오래된 것 같다.
곰팡내 나는 일기장을 들추어보니,
'눈물은 나의 신앙'이라는 얼룩진 표현도 눈에 띈다.
가뭄에 메말라버린 골짜기의 저수지처럼
가슴속 밑바닥의 뻘이 드러나면, 그 속은
흉물스런 쓰레기들이 방치되어 있을 테지.
이마며 가슴에 환경보호 띠를 두르고
환경지킴이로 동분서주
개발이냐, 환경이냐를 역설하였는데……
건조주의보의 나이에 들면서
먼 곳의 우포늪은 잘 보여도 정말 가까운

눈물샘은 돌보지 않았다.
고도근시와 난시를 동반한 마른 가슴은
어이없게도 눈물길을 막아버렸다.
물론 수술만 하면 간단히 끝날 일이지만,
마음이 담수되지 않고서는
길이 있어도
눈물은 결코 가지 않으리라.
눈물은 이데올로기가 아니라
수몰된 고향과 같은 것.
인생의 이정표에 없는 눈물샘으로 가는 길은
육안으로 볼 수 없는 좁은 길
잡초에 묻혀 있던 고향 가는 길에 눈물길은 있으리.

물거품의 노래

그럴지라도
노래하리라

모두가 갖는 꿈,
나라고 갖지 말란 법 없으니

꿈의 성취를 위해
동분서주하다가
어젯밤에도 잠을 설쳤어.

내가 꿈을 가지려 하면
모두들 싫어할 테지만

어디에서 비너스가 탄생했는지,
아는 이들은
나를 거울로 삼을 줄도 알 거야.

세상은 나의 꿈으로

아마 더 어려워질지도 모르고

나의 꿈, 또한
누군가에 의해 좌절될 수도 있을 테지.

그럴지라도 노래하리라
꿈을
누구에게나
자나 깨나

새

순간,

수십 마리의 새 떼가
일제히
가슴에서 빠져나와
어디론가 날아가버렸다.

어둠 속에서도 똑똑히 보이던
그 많은 새들

언제, 내 속에
그토록 많은 새가 살고 있었을까
그로 말미암아 두근거렸던 가슴일까.

어둠 속에 길이 숨고
빈 가슴으로 한없이 부는 바람

수많은 불씨들이 날아간 거기에는

별들이
안타까운 심정의 젖은 눈망울로
나를 내려다보고 있을 테지.

낱낱이 샅샅이

흔히,
가장 좋은 영어 공부 방법은
교과서를 통째로
암기하는 것이라고 한다.

첫 페이지부터 끝 페이지까지
외우다 보면,
이명 같던 영어 발음이 잘 들리게 되고,
영어 회화도 어느 정도 가능해진다고
체험 수기에서 읽었다.

공부도 이렇게 열심히 하여야 하는데,
하물며
연인의 본분은 어떻게 해야 하는지,

경계 없는 비무장지대에서
단세포나 연체동물이 서로를
낱낱이 샅샅이

보살피는 것을 보고
배워야 하지 않는가.

쥐불놀이

아이야, 내 속에도
쥐불을 놓거라,
더러운 쥐들이 살고 있으니.
논둑 밭둑의 마른 풀 같은 내 속에
쥐불을 놓거라.
어둠과 부조리의, 혼돈과 무질서의
악취 나는 죄의 쥐들 잡을 수 있는
고양이 불을 놓거라.
대낮에도 어두운 곳이면 어디나 헤집고 들어가
들쑤시고, 갉아대고, 쏠아대며 못 쓰게 만들고,
의식의 천장을 누비고 다니며
잠마저 쑥밭으로 만드는
교활하고 잔꾀 밝은 쥐를 잡거라.
－눈에는 눈, 이에는 이
병원체에 휩싸여 공포에 전염되지 않도록
아이야 내 속에 쥐불을 놓거라.
죽은 쥐약으로는 쥐를 잡을 수 없거니,
살아 움직이는 고양이 불을 놓아라.

정월 대보름, 귀밝이 술이며 이 부럼에
소원성취 달맞이, 액막이 연날리기도 다 좋지만
보름달 눈뜨고 내 속에 들어와
쥐불놀이 하거라.

득도법

부산의 중심지인 서면을 오가다 보면, 가끔씩 젊은 남자나 여자가 가까이 다가와서 묻곤 한다.

"실례합니다. 도에 대해 관심이 있으십니까?"

좌우로 고개를 흔들면서 도리도리했지만, 내심은 참도사라도 있다면

그의 허리띠를 붙잡고서라도 도에 대해 심도 있게 배우고 싶었다.

6척 장신도 못 되는 데다 이데올로기 대신 알레르기 체질에, 나이 들수록 허해지는 아랫도리.

시는 불면으로 지새우는 심야에도 불감으로 좀처럼 발기할 생각을 않는다.

괜시리 오줌만 자주 찔끔거렸다.

직접 촬영의 엑스레이나 자기공명영상진단 등으로도 밝혀지지 않는 본질,

불혹도 소용없으니……

한때는 출퇴근길에 봐두었던 부산진 구청 옆의 '한마음 감정측량평가공사'에 들러 나의 심도를 의뢰해볼까, 하는 생각

도 해보았다.

　허나, 달마가 동쪽으로 갔거나, 혜초가 비단길을 따라 왕오천축국 하였음은 필시 무슨 전법이 있었을 것인즉……

　겨울날 결빙의 길바닥에 떨어져 있던 장기알 하나, 졸(卒)이 비록 나의 초상일지라도 길을 가리라. 도수 높은 안경으로 더듬거릴지라도, 수계와 서원은 하지 않았을지라도, 확대도 축소도 아닌 1대 1의 실측으로 길을 찾으리라.

　육교 위에서 딱딱이를 치며, "천리교를 믿읍시다!"라고 큰소리로 외치는 먼 전도 믿지 않고

　가까운 내 한걸음 내디디며 나아가리라.

　암사지도(暗射地圖)의 몸뚱아리에 경혈의 점들 찍으며.

고비사막

어디에나 있지, 고비는
멀고 먼 천산북로.
험난한 길이 아닐지라도 어디서나 있기 마련.
지금도 고비라면 고비
전에도, 이 다음에도……
굽이마다 고비를 넘긴다는 건
참으로 아아로운 일이지.
흔들리는 고비를 잘 넘어가려면
마음의 고삐 꽉 붙잡아야 해
결코 늦추어서는 안 돼.

고비는 비단길이 아니야.

제2부

러시아워

아침 바다의 양식장
수면의 어구마냥
둥둥 뜬 머리들,
그 아래 수심 속 뒤섞여
미역처럼 드리워진
다리다리
아으 동동다리

빗방울 소묘

1.

10층 병실에 누워
작은 창문으로 쳐다보는
처마 끝의 풍경

2.

빗방울들이 개미처럼
무엇인가를
서로 물어 나르고 있다.

3.

빗방울들이
좌우로 이동하며
서로 멱살을 붙잡고 다툰다.
다투다 함께 떨어지고 있다.

시간의 분노

시침이 시치미를 떼고,
분침이 분침을 삼키고 있는데도,
무심한 내가 답답한지
초침은 저의 가슴을 탁, 탁 치고,
연방 손가락질을 해대며,
혀를 차고 있다.
쯧, 쯧, 쯧, 쯧······

빈터

틈만 있으면
풀들은 빈터에
빈틈없이
틈틈이 돋아난다.

그렇다면, 풀들은
틈의 희망일까
빈틈의 절망일까.
틈틈이
피는 침묵일까
지는 소리일까.

안팎으로 발효하는

손으로 시작해서 입술로 끝마치는 것은 무엇일까? 좁은 길이 넓게 보이고, 큰사람이 작게 보이는 것은 무엇일까? 습작기에 만난 친구와 나는, 문학이 무엇인지 진지하게 이야기를 나눈 적이 있다. 어느 날은 "시란 무엇인가?"라는 물음이 나왔고, 우리는 동시에 대답하였다. 한 단어가 서로의 입에서 나왔을 때 우리는 기분 좋게 크게 웃었다. 그 대답은 무엇일까? 성경 한 구절마냥 시작은 미미하나 창대한 것은 무엇일까? 흘러드는 곳은 달라도 스며드는 곳은 같다. 술과 사랑이 내 몸 안팎에서 발효할 때, 나는 낡아간다.

싸움

싸운다.
사우나에서

저들은 무관한 듯,
맨손체조로 서서히 몸을 풀며
여유로이 한증을 하고
서너 번 가비얍게
찬물 더운물로 알몸을 씻고
나간다.

실없는 식은땀이
열없이 젖어 있는
체질은
엉겨붙은 때들로
일주일도 안 되어 불투명하다

한 길 안 되는 물 속에
열 길 마음 들어찬

몸뚱아리

긴장의 넥타이 풀고
생각의 옷가지들 훌훌 벗고서
느긋한 기분으로
점잖게 피로를 푸는 사우나에서

싸워서는 아니 될
때와 싸운다.
싸우다가 결국 때에 밀려
어색하게 문 밖을 나서고 마는

정년퇴직

······꽃다발 든 손이 시리다.
흐린 시야 속 안개와 장미······

　　며칠 전에는
　　퇴직금 수령용 서류에
　　인감도장을 찍었다, 지그시

행운의 열쇠를 가만히 매만져본다.

　　보름 전, 빨간 볼펜으로 수정했던
　　연말정산 차액도
　　며칠 후, 무통장 계좌 입금 되어 있겠지.

금박 봉황 문양의 크리스털 재직 기념패와
금 거북 한 마리

　　벗어놓은 안전화 속 고린내,
　　밤꽃 냄새 후끈 달아오르던 6월.
　　3%의 바리케이드

파릇파릇 아우성만 잡초로 피어 농성하던
삶 프로의 파업 광장
바람 속, 힘찬 발걸음 소리들……

긴 세월 멱살을 잡고 있던
넥타이도 긴장이 풀어져 맥을 놓았다
절벽 아래 드리워진 밧줄을 흔드는 바람
이제 손은 허공을 잡고

내일부터는
토끼가 아니다.
등산화 신은 한 마리 거북이 되어
모가지 품속에 집어넣고
백양산 정상 향해 어슬렁어슬렁 오를 것이다

건투를 비는 박수가 쏟아진다.
타이어 새로 갈아 끼우는
힘찬, 새 출발!
RE-TIRE!

세월

내가 비친다
나를 본다

내가 보이지 않는다
나를 볼 수 없다

누군가 보일 것이다
누군가 볼 것이다
그 또한 보이지 않을 것이다

새로운 되풀이 속에
무수한 이들이
잠시, 나타났다 사라지는
막간의 거울이다
세월은

거미

"설마, 산 입에 거미줄 치겠나!"
하실 테지만
영안실 천장 한구석에
줄을 쳐놓음은
제가
살아 있기 때문이지요.

염소는 힘이 세다

아는 것이 힘이라는데, 아는 것 없는 염소는
힘이 없지요.
멀뚱멀뚱한 눈이며, 풀을 뜯고 되새김질을 하는 입.
위용의 뿔도
웅담도
가죽이며 상아도 없는
평범한 초식동물일 따름이지요.
(아무렴 그렇지 그렇고 말고)

굳이 남다른 게 있다면, 턱 밑에 겨우 매달린
수염이 있지만, 위엄과는 달리
헛기침 소리 몇 번 낼 정도로 옹색하지요.
(아무렴 그렇지 그렇고 말고)

그런데 누가 언제 발설하였을까요,
힘에 관한 소문은?
이후로 사람들은 "산성으로 산성으로"를 외치며,
왈가왈부에 대해서는

"한오백년 살자는 데 웬 성화냐"며
말뚝을 박지요.
힘이 약해도 일단 몸에 좋다면 약에 그만이나니
(아무렴 그렇지 그렇고 말고)

야속한 이 세상을 등질 때,
죽을 힘 다해 떨어뜨려놓았을
까만 똥 몇 개의 서늘한 눈동자

아, 염소는 죽어서야 비로소 힘이 세구나.
모르는 게 참말로 약이 되었는지.

막이 내렸다

몸부림은
몸 따로 마음 따로 놀 때 생기나?
한 지붕 아래
몸과 마음이 내연으로 산다는 것도
안가는 아니었구나.
무기수로 징역 살던 어떤 이는,
몸이 죽으면 마음이 살고
마음이 죽으면 몸이 살기 위해,
심신이 딴살림 살면서
하루하루 살아냈다고 하였다.
피붙이 살붙이라는 말이
자석 같아도
결코 살갑지만도 않았나 보다,
치정은
정신이 잘못 든 막다른 길에
몸이 갇혀 벌어진다.
내 몸에 꼭 맞을 수도 없는 노릇.
내막도 막을 내린 건 아니다.

망막에 박힌 잔상은
언제까지 백지로 남을 것인지.
간혹 치가 떨리거나
몸서리치는 일들이 일어나도
어째서 당신은 묵묵부답일까.

순천에서 화순까지

어떤 지역은
천둥, 번개에 우박까지 쏟아진 곳도 있다.

순천이면 어떻고
화순인들 어떠랴.
중요한 건,
두 사람이 함께 나무 의자에 앉아 있다는 것.

서로 고물이 된 몸뚱아리로
순천만 갈대밭을 돌아보았고,
화순 운주사 와불님 뵙고 왔다.

지금은 서로
낙안읍성 느티나무 아래서
막걸리 몇 순배로
18번 낭만에 대하여 단풍 든 칠순.

하늘 부름 받아 갈 때 갈대밭 물소리 들려올까.

갯벌 누비던 짱뚱어 퉁방울 눈망울이 떠오를까.

하세월 시시비비 목에 잠기고
개개비 울음소리 노을에 묻히는
가을 기행

감을 깎다가

환한 가을빛으로 잘 익은 감을 보며, 처음엔 그저 참 먹음 직스럽다는 생각뿐이었습니다

과일칼에 얇게 풀어지는 주황 감 껍질을 보다가 잠시 칼질 멈추었지요.

내가 깎고 있는 것은 감이 아니라, 가을 속의 노을이었습니다.

풀어낸 노을은 강과 더불어 흐르고, 억새 산정 넘으며 바람이 빗어 넘긴 아슴한 세월

쟁쟁한 투명으로 얼비치는 시간 앞에서, 억새와 함께 고개 숙여 기도를 올렸습니다.

산촌 서정 속 호올로 익은 감이 절로 떨어질 때, 가을 인정의 눈시울도 하늘과 한마음이 되어 붉게 물들고 있었답니다.

제3부

증명사진

내 얼굴만 내밀어도
증명이 된다는 말이지만,
이는 흉상만으로는 부족하다는 뜻.
비록 나를 증거하고자,
내 잠시 어둠 속에서 미소 지으며
사진관 의자에 앉아
알리바이를 만들었지만,
내 얼굴이 이력서라 해도
주름살처럼 단 몇 줄 내력마저 담을
문장은 못 된다.
나라는 인간은.

넥타이

1.
직립의
단정한
중심

방심의
틈새를 엿보는
뱀.

2.
긴장의 일탈은
욕망을 깨워
잽싸게 숲으로 숨어들고

방종한 취기가
노을로 번진다.

피리

뿌리 없는 자의
빈 가슴에도 담겨 있구나

소리는

목숨을 자아내는 바람에
송이송이 꽃향기로
너울 이루어

시원을 향해 나아가며
마디마다 쌓인 겹겹 어둠 풀어헤쳐
가락을 일군다.

소리가 노래로 되려면
내심의 사랑뿐

빈 가슴에 담겨 있던 소리가
뿌리 없는 자의 전신을 적시며
노래로 뜨겁게 울린다.

피와 피의 끌림

피는, 물보다
정확히 세 배 진하다는
학설이 있다. 그래도 피는
물에 씻긴다.

만유인력은
조수간만의 차이보다는,
피와 피의 끌림이다.

그러다 피의 끌림 끝나면,
물에 물 탄 듯
술에 술 탄 듯해진다.

끝내는
화들짝거렸던 얼굴도
들썩거렸던 몸뚱아리도
잠잠해지고

상심한 심지마냥
가물거리다,
들릴 듯 말 듯
가냘픈 탄식 내뱉으며
꺼질 것이다.

다시 그리워지더라

무언지 모르게 답답한 날은
집을 뛰쳐나와 해운대로 간다.

심연을 알 수 없는 딱한 사정은
바다나 나나
매한가지였다.

파도는
바다가 갑갑하다고 뛰쳐나왔지만,
내 발자국 지우며
해안선에서 서성거릴 뿐이었다.

한참을 그러다가 파도와 나는
제 온 곳으로 가야 했다.

하지만 나는
좀 더 머리를 식히려

산복도로행 버스를 탔다.

멀리
바다가 내려다보이는
산허리 산복도로를
뫼비우스 띠처럼 한 바퀴 돌고 나니,
다시금 불빛 그리워지더라.

굳이 말하자면, 그것은

그것을 가리키면서
그것을 말하지 않는다.
거시기라면 몰라도……

그것이
문법적이든 비문법적이든,
아니면 인간적이든
나를 정말
비인칭 주어로 만들어놓았다.

그것이.

까짓것 그래,
그것이면 어떻고
이것이면 어떠랴마는,

그것은
이것과 다르고 이것 또한

그것과 같지 않다.

굳이 말하자면
'그것'은 3인칭 단수지만,
나는 '나'
1인칭 공집합.

안개 사우나

쉬 - 쉬 - 쉿! 쉬잇!

문을 열고 들어서면
조용히 펼쳐지는 안개 정국.
습기가 반긴다.
쉬 - 쉬 - 쉿! 쉿!

느긋하게 마음 풀려고 들어선 이곳에서
시국이 먼저 고개를 드는 것은 무슨 까닭인가.
물 먹는 하마로도 도저히 감당할 수 없는 곰팡이 슨
퀴퀴한 소문의 냄새를 덮는
쑥 다발이 향기를 피워내고 있다.
쉬 - 쉬 - 쉿! 쉬잇!

사시사철 습지보호구역
천장에 달린 심장 닮은 장기에서
내뿜는 숨찬 안개
쉬 - 쉬 - 쉿! 쉬잇!

눈이 발바닥인 무지랭이들이사

바닥에 놓여진 몽돌로

무념무상, 자갈 밟으며 마음 편히

발바닥 지압이나 할 뿐이거늘

쉬─ 쉬─ 쉿! 쉿!

굳어진 발바닥의 감각을 풀어본다

몽돌이 지그시 짓누르며 매만져주는

회유의 감각에 슬며시 잠이 찾아오고 있는

안개 사우나

쉬─ 쉬─ 쉿! 쉿!

온몸에 걸친 물방울 다이아몬드

화려한 안개 의상의 벌거숭이 임금님

별 걱정이 다 떠오르는 국정이 염려되시나이까.

쉿! 쉬잇! 쉬잇! 쉿! 쉿!

이어도

바다 바래여

어이 사나

이어도 사나

이래도 사우다

저래도 사우다

바다 바래여

방목된 말이 되어

망아에 따ー지라

즐거운 망아지우다

그는 미궁에 산다

그는, 불투명을 싫어한다.
그의 사생활은 아무도 모른다.

모두들
바람에 그의 옷깃만 나부껴도
귀를 곤두세운다.
심지어

미궁은 오리무중의
벽이 없는 성.
간간이 굴뚝에서 나오는 하얀 연기로
그의 심기를 짐작한다.

그럼에도 불구하고, 오늘도
그의 발자국은
두루 세상에 퍼져 있다.

……그는 빠져 있다, 미궁에

빵 굽는 남자

종달새의 꿈이 숨어 있는
밀밭의 물결 타고
밀가루 반죽을 시작하는 바슐라르

하얀 대지에
백두에서 발원한 천지의
정령 담아
따스한 숨결 불어넣으며
불을 지핀다.

시나브로 흐르는
응시와 기다림의 시간 속
잘 익은 빵 냄새가
하늘까지 퍼져 오르면

별들의 박수와
달의 흐뭇한 웃음

얼비치는

세상의 사랑

꼬리

아직도 있다, 사방천지
오래전에 없어졌다지만
천만의 말씀!

밤낮의 길이처럼
달라진 안팎

말꼬리 흐려지고 눈꼬리 처지더니
버젓이 둔갑하여
정찰제품에 달려 있는 꼬리표.

어느 날, 문을 열고 나간
긴꼬리여우에 대하여
소문이 난무해도 포착하지 못하는 귀.

첨단과학의 시대에도
여전히 남아 있는 의문의 여우 목도리.

진화는 요원한 것인가

보라! 좀 더, 자세히
진화된 꼬리가 보일 것이다.

상표 인간

모자 안경 보청기 귀걸이 목걸이 브래지어 내의 셔츠
넥타이 양복 팔찌 시계 멜빵 허리띠 핸드백 지갑 가방
양말 손수건 구두

머리끝에서 발끝, 안팎이 두루 상표입니다.
여러분, 우리 모두
유사품에 주의합시다.

그런데, 당신은
무슨 상표요?

허구한 나날의 허구

반지하였던 내 방은, 내가 있는 대낮에는 창문이 꼭꼭 닫혀 있었다.

방바닥에 바짝 엎드린 나는 시들어 있었다. 그러다 내가 모처럼 외출이라도 하는 날에는 창문들도 일제히 햇살을 맞이했다. 내 청춘의 나날은 깨어 있어도, 꿈속의 타클라마칸이고 고비였다. 허구한 나날의 허구 위에서 신기루만 자꾸 따라오라고 알 수 없는 거리에서 나른나른 피어올랐다.

제4부

식언

침묵은 금이라 하였다.

그럼에도 세상 사람들은
황금 보기를 돌같이 했다.

취향과 구미와 식성에 맞추어
다양한 메뉴로
돌을 주물러 각종 음식을 만들었다.

인스턴트가 맞지 않는 이들은
뷔페식을 택했다.

입속에 들어간 음식들은
마른침에 의해 분해되기도 전에
돌이 되어, 이(齒)를 부수고

금인 침묵이 내뱉어졌다.

즐거운 환자

날마다 재활병동으로
휠체어 밀며 오가던 할아버지.
오늘은
할머니가 더듬거리며 밀고 오시네.

달의 알리바이

한가위 보름달이 아무리 밝아도,
당신의 인감일 수는 없습니다.

동상동

적어도 길에 대해서는 묻지 말게.

어지간한 인내력이 없고서는
감히 살 엄두도 내지 말고

취객이 만든
길과 길 속에
혹처럼 자리한 동네

걸어서 가까운 길도 차로는 멀어

참는 자의 가슴속마다
복 대신 들어차는 독

출퇴근길 버스는
싱싱한 복어로 가득 찬 궤짝
열 받친 심기로 늘 화기애매하다.

묻노니 그대여,

군자가 되고 싶거든

한 번쯤 이곳에서 살아보시게.

파업

1.

술병이 드러누워 있다.
별들과 더불어
술 마시고 잠 잔 덕분인가.
머리가 참 맑다.

풀숲 향해 오줌 누다가 마주친
칡넝쿨 사이 햇살이 살짝
얼굴 내민 곳,
자그마한 별꽃이
보랏빛 웃음 짓고 있다.

2.

독자노선 속
매미들도
가열찬 투쟁 중

불끈 쥔 주먹 없어도

동시다발
산개농성

불볕 속, 온종일
목 터져라 외치는 구호들

찌르르차르
쉬이쉬이쏴
치워치워촤
쓰려쓰려쓰

불로소득

가방 속에서 봉투 하나가 나왔다.

오 마이 갓!

이런, 재수 옴마니반메훔

아니 웬 마니 반가워.

여행 가기 전에 지갑에서 꺼내놓고,

한동안 깜빡 잊었던 돈.

견물생심은 혹시나 싶어,

나도 모르는 휴면계좌가 어디 또 없나,

지그시 인터넷 검색을 한다.

그러면 그렇지.

이런 맹꽁이.

휴면은 눈까지 먼

휴맹이 아니었다.

휴머니티, 류머티즘 관절염에 안티푸라민,

안절부절…… 어절시구……

불로소득에 행여

눈이 멍들지 않았는지 거울을 본다.

정말

맹(盲)

꽁(空).

파란 대문*

새장여인숙에는
방마다 파랑주의보가 내려져 있다.

파란만장한 물결이
방바닥이며 벽을
출렁이게 만든다.

때로는 먼 베링해에서 찾아온
이방인이 닻을 내리기도 하는
파란 대문 집.

낭랑 18세, 그녀는
피난민 한씨 집에
세 들어 산다.

숨찬 숨결소리가
낭패긴 해도
어쩔 수 없이 술로 견디며

밤을 지새운다.

때로는 열치매
나타난 달빛이
그녀 문간방에
숨어들기도 한다.

* 영화에서 제목을 빌림.

활짝 핀 홍매화 보기 됴은 봄날

원동 매화마을
활짝 핀 홍매화.

바야흐로 신파조로 흐르는
춘삼월에도,
'떼인 돈' 때문에 붉다 못해
오딧빛 피멍 든 사람이
있기는 있는가 보다.

'상거래상 받지 못한 돈
회수하여 드립니다.'라는
광목 플래카드가 길거리에
나붙어 있으니……

붉은색으로 쓰거나,
밑줄 쫙 긋거나, 고딕체로,
아니, 세 가지 모두 다
표시해놓고 싶었을 '떼인 돈'에는

본인 외에는 알 수 없는 사연이,
깊푸른 밤을 이루고 있을지,
모를 일이다.

검은 계단, 검은 손, 검은 돈, 검은……
복수의 칼은 빛에 드러나면
효수의 참혹한
피를 뿌릴지도 몰라
부르르 몸부림칠지 모른다.

꽃이 횃불로 타오르듯
누구도 알 수 없는 한순간.
바람만으로는 목이 아니라
모자가 달아난다.
그렇다고 햇볕이 못 견디면
빈약한 몸뚱아리가 탄로 날 것이다.

아버지

오늘도,
대로 저만치서부터 당신의 목소리
갈지자로 들려온다.
군자는
허리 한 번 펴지 못한 새우.
고래고래 큰 소리로
인간이, 또옥, 바로, 살아야 돼! 라며
갈지자로 오시면서
거듭 말씀하신다

소문

늘상 떠도는
하늘 속 구름

가까이 다가가보아도
볼 수 없는 얼굴이
오만상의 천기로 풀려
개입하는 애환

ㅡ갈기와 채찍

때로 그것은 지상에서
버섯으로 돋아나기도 한다
의혹의 습지에 아름답게

법주

문화 김가지만
뿌리는 엄연히 신라의 왕족.
아버지는 경주법주를 좋아하신다.

당신의 나라는
술이 법이요.
법이 술이외다.

어떤 왕도
취한 아버지 앞에서는
평등한 신민일 따름.

밤새도록 펼쳐지는
이상국.
정론직설의 국정

아, 수신제가취국평천하여!

아버지는 정말로
경주법주를 좋아하시는 걸까?

산복도로

팔자에
죄가 많아서일까.
곡선과 경사는

끊임없이 죄는
고지대 가슴

비만의 산허리에
야윈 길들이
사력을 다해
매달려 있다.

문패

주름진 슬레이트집을 팔고
비로소 아파트에 입주를 했다.
몇 번의 이사로 꽁꽁 묶어두었던
마음의 끈을 풀고,
감정의 짐들을 정리하였다.
툭 트인 시야 속 새로운 전망에
흐뭇해하던 가족들.
이때에도 전혀 몰랐다.
문패가 없어진 것을.
……지시마 열도, 실어증, 귀국, 만주 징용,
전쟁, 피난, 부두 노동……
수차례 넘긴 죽을 고비에서도
아버지는 술을 진실로 사랑하사,
종교만큼 신봉했다.
찬송가조의 금주가도 즐겨 불렀다.
어느 날,
천국의 복음 고래고래 설파하시다
요나의 뱃속 같은

독방에 수감되었다. 또 다른 실향.

양심껏 살아온 세상살이,

수인번호 1004번의 양심수.

날마다 알코올 램프 속 추억의 심지 점화시키는

피난민 아버지는

문패를 찾고 있었다.

즐거운 인생*

음악과 으악 사이에는 무엇이 있나?
으악새 슬피 우는 사연이 있음직한데……
시험에는 안 나와.
음악과 으악 사이에는, 달아난
입이 있지. 하나, 둘, 셋…… 그리고 네엣. 네에미
없는 너의 입도 보이네.
마흔은 호구지책의 나이,
참 주책스럽지? 아니, 주접스러워!
아무리 주절주절 주억거려도
추억거리가 아니라 추접이야.
음악과 으악, 그 틈에 낀 이물질이야
우린.
알고 보면, 즐거운 인생인데…… 안 그래?
락커가 뭔 말인지 알지?
락, 락, 락, 악!
반항, 자유, 저항, 앙!
나 혼자서 무슨 활화산이야!
마른 장작 같은 불혹.

옹이가 박혀 그런대로

불쏘시개감으로는 괜찮아, 견딜 만해.

락, 락, 락, 우리는 라커. 활 활 불타오르는 롸커.

실업자보다야 훨 낫지, 안 그래

아니,

아니 즐거운 인생들.

음악과 으악 사이

입이 있었네.

호구지책이 악어처럼

떠억 아가리를 벌리고 있었네.

터질 것처럼!

* 영화 〈즐거운 인생〉의 제목과 대사 중 일부를 인용하였음.

방목된 말(言)의 유토피아로

박형준

시는 모국어를 통해 구현되는 언어예술의 정수이다. 모든 문학이 그러하듯, 시도 언어를 통해 특정한 사상과 이념을 표현한다. 하지만 시를 처음부터 교훈적 메시지나 들끓는 정념의 전달 도구로 생각해서는 곤란하다. 시의 즐거움과 정도(正道)는 '시적인 것'을 발견하고 창안하는 과정에서 모색되어야 한다.

시의 기본은 언어 탐구이다. 시에서 지배적인 언술체계와 단절되는 새로운 언어 감각을 발명하는 것은 매우 중요하다. 왜냐하면 일상적 언어의 클리셰와 불화하는 시(인)의 태도야말로, 시적인 것을 구성하는 핵심 원리이기 때문이다. 오해하지 말 것은, 시적인 것의 과제는 비단 언어에 대한 급진적 변화만을 의미하는 것은 아니다.

시적 언어에 대한 탐구는 창작의 과정 자체에서 발현되는 것이다. 그 수준과 성취 여부를 가늠하고 향유하는 것은 독자와 비평가의 몫이지만, 시에 대한 문학적 평가나 판별 기준이 과격한 비유나 언어적 갱신에만 국한되는 것은 아니다. 진부한 형식 미학 논쟁을 반복하는 것이 아니라, 시는 일상적인 어법의 작은 변주를 통해서도 얼마든지 인간 삶의 진실에 이를 수 있다.

시의 개념이 불확정적인 것과 마찬가지로, 김춘남의 시는 우리 삶의 진실에 이르는 다양한 길을 보여주고 있다. 첫 번째 시집 『달의 알리바이』는 시와 삶의 조우 과정에서 얻은 진중한 깨달음을 담담하고 차분한 어조로 펼쳐놓는다. 베이비부머 세대로 태어나 줄곧 부산에서 살아온 토박이 시인은, 시가 삶과 괴리된 언어예술이 아니라 인간 생의 심연을 성찰하는 본연의 형식임을 이해하게 한다.

그의 시는 사적 사연을 진술하는 방식이 아니라 사물과 장소를 객관적 형태나 ―「동상동」의 "혹처럼 자리한 동네"나 「산복도로」의 "곡선과 경사"의 "고지대 가슴"이라는 표현과 같이 ― 시적 알레고리로 육화하는 방식으로 형상화된다. 시 창작의 일반적인 수사 전략이긴 하지만, 이런 작업이 쉬운 것은 아니다. 왜냐하면 누구나 고단하고 힘들었던 생의 내력을 모사하는 순간에는 감상적 자기 위안이 동반될 수 있기 때문이다.

김춘남이 개인적 사연을 최소화하면서 기억과 사유의 공간을 사물화하고자 노력하는 것은, 시적 긴장을 놓치지 않겠다는 시인의 고뇌가 반영된 결과이다. 물론 아버지에 대한 기억을 환기하고 있는 작품(「문패」)에서 다소 감상적인 대목을 발견할 수 없

는 것은 아니지만, 그것은 역사적 환란("지시마 열도, 실어증, 귀
국, 만주 징용, 전쟁, 피난, 부두 노동") 속에서 정주할 곳을 상실한
존재("피난민")에 대한 기록이라는 측면에서 충분히 납득할 만하
다. 아니, 어쩌면 그 정도의 공감조차도 불가능하다면 문학(시)
같은 건 존재할 이유가 없을지도 모른다.

　『달의 알리바이』는 총 4부로 구성되어 있다. 하지만 시인 개
인의 생애 내력은 시집 말미에 이르러서야 아주 조금 확인할 수
있을 뿐이다. 그마저도, 「동상동」과 「산복도로」와 같은 장소시편
이나, 「아버지」와 「즐거운 인생」 등과 같은 시 텍스트에서 간접적
으로 짐작해 볼 수 있을 따름이다. 시 「즐거운 인생」을 보자.

　　　나 혼자서 무슨 활화산이야!
　　　마른 장작 같은 불혹.
　　　옹이가 박혀 그런대로
　　　불쏘시개감으로는 괜찮아, 견딜 만해.
　　　락, 락, 락, 우리는 라커. 활 활 불타오르는 롸커.
　　　실업자보다야 훨 낫지, 안 그래
　　　아니,
　　　아니 즐거운 인생들.
　　　음악과 으악 사이
　　　입이 있었네.
　　　호구지책이 악어처럼
　　　떠억 아가리를 벌리고 있었네.
　　　터질 것처럼!

　　　　　　　　　　　　　　　— 「즐거운 인생」 부분

이 작품은 영화 〈즐거운 인생〉(이준익 감독, 2007)의 내용을 차용한 패러디 시이다. 중년 남성들이 청년 시절의 열정과 꿈을 포기하고 각자의 현실에 적응해 살아가고 있는 이야기를 시적으로 재구성한 것이다. 영화와 마찬가지로, 시 「즐거운 인생」에서도 꿈과 현실은 대비된다. 꿈은 "음악"으로, 삶은 "으악"으로 표현된다. 표면적으로, 꿈을 포기한 시적 화자는 "호구지책"을 유지하는 데 만족하는 듯 보이지만, 사실 이러한 자족감은 반어적 표현("실업자보다야 훨 낫지, 안 그래")이다. 시적 화자는 자신이 원하는 삶을 살지 못했지만, 그래도 그것이 즐겁다고 말하고 있다. 단순히 "실업자"보다 나은 정도가 아니라, 아예 "즐거운 인생"이라고 외친다. 이 시의 아이러니 효과가 극대화되는 것은, 무기력한 현실 감각이 애써 즐거운 일상으로 위장될 때이다. 꿈("음악")은 사라지고 비명("으악")만 남은 현재란, 그저 그렇게 "견딜" 수밖에 없는 지옥과 다르지 않다.

그러나 왜 이렇게 버텨야만 하는가. 시인은 이상적 삶과 현실 사이에 "주접"스러운 "입"이 있기 때문이라고 말한다. "호구지책"이라는 사명감은 냉혹한 생존 조건이나 가족공동체의 형상으로 난폭하게 개입해 들어온다. 가족("하나, 둘, 셋… 그리고 네엣")의 부양을 위한 밥벌이, 그 지독하고 무거운 책임감은 결국 불투명하고 낭만적인 꿈을 포기하게 만든다. 그렇다면 시적 화자가 예술("음악")과 인생("으악")의 대비를 통해 말하고자 하는 것은, 자유롭고 이상적인 생(生)의 상실이다. 흥미로운 것은, 이상적 삶에 대한 결여 감각은 이 작품에만 국한되는 특징이 아니라는 사실이다. 김춘남의 첫 시집 『달의 알리바이』에는 각박한 삶 속에서 자신의 꿈을 포기해야 하는(혹은 포기해야 했던) 한 인간의 핍진한 상실감이 반영되어 있다. 「새」라는 시를 보자.

순간,

수십 마리의 새 떼가
일제히
가슴에서 빠져나와
어디론가 날아가버렸다.

어둠 속에서도 똑똑히 보이던
그 많은 새들

언제, 내 속에
그토록 많은 새가 살고 있었을까
그로 말미암아 두근거렸던 가슴일까.

어둠 속에 길이 숨고
빈 가슴으로 한없이 부는 바람

수많은 불씨들이 날아간 거기에는
별들이
안타까운 심정의 젖은 눈망울로
나를 내려다보고 있을 테지.

—「새」 전문

「새」는 인간 존재의 근원적 결핍(감)을 표현하고 있다. 시적 화자는 내 속에 존재하고 있(었)던 '새'가 어느 순간 사라져버렸다는 사실을 안타까워한다. 그 새의 정체가 무엇인가를 되묻기에 앞서 — 혹은 그런 획일적인 뜻풀이 식의 현대시 독법을 가동하기에 앞서 — 새라는 대상에 대한 인식과 상념이 사후적으로 이루어지고 있다는 점을 이해할 필요가 있다. 본래 자기 안에 있(었)다고 생각한 것이 사라지거나 정체를 감추고 나서야("언제, 내 속에/그토록 많은 새가 살고 있었을까"), 우리는 대상의 소중함을 깨닫는다. 새는 인간의 존재론적 떨림("두근거렸던 가슴")이나 생의 열정("수많은 불씨")으로 해석될 수도 있으며, 어쩌면 단 한 번도 시인이 소유하거나 제대로 느끼지 못했던 '자유'와 '해방'의 삶/가치를 의미할 수도 있다. 어느 쪽이든, 그것은 시인에게 깊은 회한의 감정을 남길 만한 것들이다.

이런 시적 정서는 「눈물길」에서 더욱 고조된다. 시의 화자는 어느 날 눈물샘이 막히는 누선(淚腺)염 진단을 받게 된다. 지금껏 "동분서주"하며 "사는 것"이 바빠서, 정작 자기 자신에게는 지나치게 "무심"했던 것이다. 다른 작품 「러시아워」에서도 시인의 삶은 작은 여유조차 허락되지 않는 팍팍한 이미지로 그려진다. 그러나 과장하거나 비약하지 말 것은, 눈물샘이 막힌 것은 눈물이 사라지는 병이 아니라는 사실이다. 그러니 이는 시인에게 요구되는 '감성 능력의 상실'과는 무관하다. 눈물샘의 막힘 증상은 오히려 눈물이 너무 많이 흐르는 질환이다. 그렇다면 「눈물길」은 자기 몸과 마음("눈물")의 상태를 통제할 수 없는 처지로 내몰린 인간 실존의 불안을 의미하며, 시의 소재가 되는 누선염은 이러한 자아 상실감의 육체적 징후와 다르지 않다.

이와 같은 실존 감각은, 평생 밥벌이를 위해 바쁘고 고단하게 살아왔던 현실에 대한 지각과 분노로 표출된다.

> 시침이 시치미를 떼고,
> 분침이 분침을 삼키고 있는데도,
> 무심한 내가 답답한지
> 초침은 저의 가슴을 탁, 탁 치고,
> 연방 손가락질을 해대며,
> 혀를 차고 있다.
> 쯧, 쯧, 쯧, 쯧……
> ──「시간의 분노」 전문

> 꽃 한 송이
> 홀로 피었다
> 절로 지는
> 눈물의 열반
>
> 말씀의 불시울
> ──「시의 초상」 전문

굳이 마르틴 하이데거의 『존재와 시간』을 언급할 것도 없이, 인간은 세계의 무한한 시간성을 통해 자기 존재의 유한성을 지각하고, 그것을 새로운 삶의 동력으로 삼는 존재이다. 김춘남 시의 실존성과 자기 성찰적 태도는「시간의 분노」에 함축되어 있는데, 이러한 작품 경향은 시집 『달의 알리바이』의 주제적 통일성을 구축하는 데 기여한다. 이 시에서 분노의 주체는 인간이 아니라 시간이다. 시적 화자가 '시간'에게 분노하지 않고, 역으로 시간이 '시적 화자'에게 분노("연방 손가락질을 해대며, 혀를 차고 있다")하는 이유는 무엇인가. 그것은 시의 화자가 시간의 흐름과 가치에 대해 "무심"하기 때문이다. 하지만 이상하지 않은가. 시간에 무심할 수 있는 존재는 오로지 신밖에 없는데 말이다.

김춘남의 시는 절대적 믿음에 근거한 종교적 표상과는 무관하다. 단지, 시인은 시간의 규칙과 질서를 통제하는 근대적 시간 관념으로부터 초연해 있을 뿐이다. 시간은 자연의 흐름을 나타내는 사회적 표기 방식이 아니라, 우리의 일상을 지배하고 통제하는 상징적 규범이다. 근대 자본주의 사회는 주체 통제의 중요한 수단으로 '시계적 시간'을 활용했다. 시간은 근대 사회가 만든 주체 관리 전략 중 하나이다. 분과 초까지 나누어 노동자를 관리하는 시간의 통치 체계란 인간을 관리하는 지배의 형식이다. 그것에 무심한 태도를 갖는다는 건 여간 어려운 일이 아니다. 현대인은 시간에 대한 자유를 상실한 채 자기 착취를 일삼는 존재이기 때문이다. 그래서 한병철 같은 사상가는 인간을 억압하는 근대적 시간으로부터 탈주하여, 자기만의 시간을 확보해야 한다고 말하기도 했다.

시인은 근대적 시간 체계에 포섭되어 '자기 시간을 포기'("동분서주")한 채 살아왔다. 그러므로 이러한 시간 체계와 결별하는 것은, 새로운 삶(시간)을 창안하는 시적 과제가 된다. 「시의 초상」에서 '찰나적인 것'에 대한 감각과 사유를 시적인 것("말씀의 불시울")의 진경으로 기록하고 있는 것은 그 때문이다. 이 작품은 생명의 탄생과 소멸 과정에서 겪게 되는 고독("홀로")한 열반의 시간을 메타적으로 보여준다. 이러한 통찰 과정에 근대적 시간 개념이 개입될 여지는 전혀 없다. 물론 이 작품만이 아니라, 『달의 알리바이』 2부에서는 소멸에 대한 감각이 잘 드러난 시편이 더러 있다. 「세월」이라는 작품은 시간의 축적이 자아의 완숙미를 보장하지 못한다는 사실을 폭로하고 있으며, 「거미」라는 작품은 삶과 죽음의 문제에 대한 전복적 사유를 보여주고 있다.

이와 같이, 『달의 알리바이』는 근대적 시간 관념에 대한 깊은 성찰을 통해 지금까지의 삶을 "RE-TIRE"하고 있다. 시인의 "새 출발"을 기원("건투")하는 작품(「정년퇴직」)이 시집 초반부에 배치되는 것은 그래서 자연스러운 결과이다. 이제 시인은 빠르고 꾀 많은 "토끼"의 생존 방식이 아니라 "모가지를 품속에 집어넣"은 "거북이"와 같이, 근대적 시간의 흐름을 거스르는 삶의 방식을 모색한다. 두 말할 것도 없이 그것은 시(인)의 길이다. 하지만 그것은 어떤 변화 속에서 가능해질 수 있을까. 「풍수지리설」을 보자.

좌청룡 우백호에 배산임수,
이는 명당의 조건이지.

구중에 마련하는 유택 이사
지리를 살피고 풍수의 맥을 짚지만,

생전은
사후마냥 양지바르고 아늑하지 못한
구절양장에 우여곡절,
예의 벗어난 미학이지.
자주적이지 못할 때에는
자조적이 되어 자주 열에 들뜨지.
사상누각마저 여의치 못한 꿈인데
주제넘은 공중누각 지어
제목 없이 떠돌면,
떠돌다 삭신은 풍수를 이루고 마는

좌충우돌투성이 속 산전수전,
이는 생의 표정이지.

　　　　　　　　　　　—「풍수지리설」 전문

　주지하다시피, 풍수지리는 인간의 운명에 영향을 미치는 자연 환경의 조건("맥")이 이미 결정되어 있음을 전제하는 세계관이다. 그러나 이 작품은 풍수지리의 환원론적 태도보다는, 오히려 "좌충우돌"하며 "우여곡절"을 겪으며 살아온 사람들의 진솔한 "생의 표정"(「풍수지리설」)에 더욱 주목하고 있다. 시인은 관습적 민간신앙이나 초월적 세계의 규범 체계에 기대지 않는다. 이러한 태도는 「달마」와 「득도법」이라는 시에서도 잘 나타난다. 삶의 지침이나 희망의 토대가 되는 것은 저 고고한 정전("독경")이나 득도("득도법")가 아니라, 인간의 모습("꼴값")을 잃지 않고 살아가기 위한 치열한 노력("산전수전")이다.

즉, 우리의 삶을 새롭게 직조하는 것은 특정한 신념("이데올로기")이나 신앙 체계("전도")가 아니라, 세상 속에서 "좌충우돌"하며 살아가고자 하는 현실적 응전 태도("가까운 내 한걸음 내디디며 나아가"는 태도, 「득도법」)라는 것이다. 그렇다면 김춘남의 시작(詩作) 활동은 안정적인 삶의 기득권을 부정하면서 새로운 삶의 가능성을 개방하는 '말년의 양식'을 지향하고 있다고 말할 수 있다. 에드워드 사이드는 『말년의 양식에 관하여』에서, 시간에 맞게 늙어가는 삶을 "시의성"이라고 말하면서도, 예술가의 말년성은 이와는 전혀 다른 '삶/예술'의 양식이 되어야 한다고 주장한 바 있다.

진정한 예술가는 자기 삶을 시의적 양식이 아니라 말년의 양식에 맞게 창안하고자 노력해야 한다는 것. 사이드는 그래서 예술(가)의 말년성이란 "조화와 해결의 징표가 아니라 비타협, 난국, 풀리지 않은 모순을 드러"내는 것이라고 지적하였다. 그러므로 시인의 말년성에 대해 논의한다는 것은, 시(인)의 치열한 자기 갱신 의지에 대한 점검이기도 하다. 주로 1부에 수록된 작품들에서 이런 내적 고민을 확인할 수 있는데, 시적 화자의 내면적 불화(trouble) 양상이 솔직하게 드러나는 작품은 「쥐불놀이」이다.

아이야, 내 속에도
쥐불을 놓거라,
더러운 쥐들이 살고 있으니.
논둑 밭둑의 마른 풀 같은 내 속에

쥐불을 놓거라.
어둠과 부조리의, 혼돈과 무질서의
악취 나는 죄의 쥐들 잡을 수 있는
고양이 불을 놓거라.
대낮에도 어두운 곳이면 어디나 헤집고 들어가
들쑤시고, 갉아대고, 쏠아대며 못 쓰게 만들고,
의식의 천장을 누비고 다니며
잠마저 쑥밭으로 만드는
교활하고 잔꾀 밝은 쥐를 잡거라.
─눈에는 눈, 이에는 이
병원체에 휩싸여 공포에 전염되지 않도록
아이야 내 속에 쥐불을 놓거라.
죽은 쥐약으로는 쥐를 잡을 수 없거니,
살아 움직이는 고양이 불을 놓아라.
정월 대보름, 귀밝이 술이며 이 부럼에
소원성취 달맞이, 액막이 연날리기도 다 좋지만
보름달 눈뜨고 내 속에 들어와
쥐불놀이 하거라.

─「쥐불놀이」 전문

　시인은 정월 대보름의 "쥐불놀이"를 보면서 자기 안의 "부조리"를 철저하게 소각하고자 한다. 쥐불놀이는 논두렁에 불을 질러 마른 풀을 태우는 놀이이다. 그러나 이는 단순한 놀이에 그치지 않고, 풀 속에 있는 해충과 쥐를 퇴치하기도 한다. 주술적인 맥락에서는 모진 운명과 사연을 정리하고 새로운 출발을 예비하는 일종의 '액땜'인 셈이다. 시의 경우도 마찬가지이다. "쥐"

와 "쥐불"의 반복에서 발생하는 언어적 유희 체험은 단순한 말놀이에 그치지 않고, 시적 화자가 자기 속에 살고 있는 "어둠"과 "악취"를 제거하고 방지하는 자기 반성적 계기로 육화된다. 서정적 자아는 "내 속"에 "더러운 쥐"가 살고 있다고 말하면서 ― 그 쥐가 매우 "교활"하게 자기 삶을 갉아먹고 있기 때문에 추방이 아니라 ― 반드시 "고양이 불"을 통해 태워버려야 한다는 각오를 보여주고 있다. 이 외에도 「가슴」이라는 작품은, 자기 내면에서 아직 발굴하지 못한 무의식과 정체성("세상은 다름 아닌 나의 가슴/내 가슴 속에 있다")에 대한 탐구 의지를 제시하고 있다.

그렇다면 김춘남 시인이 자기 반성과 성찰을 통해 이르고자 하는 마음의 정박지는 어디인가. 바로 '이니스프리'이다.

> 나의 이니스프리는 에스프리다. 하지만 에스프리는 이니스프리의 호수 섬이 아니다. 에스프리가 호면처럼 펼쳐져 있을까? 내 온몸이 온종일 기다려도, 내 온몸이 밤낮으로 찾아도 에스프리는 일언반구 없다. 아니, 어쩌면 에스프리는 앞을 볼 수 없는지도 모른다. 봄날이 와도 홍매화 향기처럼 잠시 머물 뿐. 연분홍 치맛자락이 봄 강물 적셔도 나의 에스프리는 어느 어두운 구석에 홀로 쭈그린 채 초경에 놀란 사춘기 여자애처럼 웅크려 있는지 모른다.
>
> ― 「에스프리」 전문

시인은 "나"의 이니스프리는 에스프리라고 말한다. 전자가 자유의 섬이라면, 후자는 시적 정신이다. 시인이 발견하고자 하는 새로운 삶의 영토(innisfree)는 눈에 보이거나 만질 수 있는 것이 아니다. 그것은 "홍매화 향기처럼 잠시 머"무는 찰나의 것이거나, "어두운 구석"에 "웅크려 있"는 인간 정신활동의 무한한 경지, 다시 말해 자유 정신을 의미하는 것이다. 시인은 자신의 꿈이 "호구지책"(즐거운 인생) 때문에 좌초되는 세속적 공간이 아니라, "방목된 말"(이어도)과 같이 자유롭게 노래할 수 있는 삶을 꿈꾼다. 그것이 바로 말년의 양식을 통해 정초되는 시(인)의 길이다. 그러므로 에스프리와의 행복한 만남은 오직 시의 세계(언어)에서만 가능하다.

시는 방목된 말(言)이 자유롭게 발화되는 유토피아("이니스프리")이다. 그러나 시는 종종 발기부전 상태("시는 불면으로 지새우는 심야에도 좀처럼 발기할 생각을 않는다", 「득도법」)에 빠진다. 이에 대한 고민으로 불면의 밤을 보내고 있는 시인에게 그곳은 도통 도달하기 어려운 이상향("이어도")과 같다. 이 시집의 주된 정조와 실존 의식이 본연적 장소에 대한 상실감과 결핍감을 동반하는 것은 이러한 까닭이다. 그러나 잃어버린 세계에 대한 시적 고투는 그동안 망각하며 살았던 예술(시)의 자리를 재고하는 사유의 계기가 된다. 이 순간, 시는 우리 삶으로부터 격리된 언어 예술이 아니라 인간 생의 자리를 되돌아보는 기지(esprit)의 발현으로 융기한다.

이와 같이, 김춘남의 시는 초월을 향한 구원의 몸짓이 아니라 세상과의 만남을 통해 시의 이니스프리에 도달하고자 하는 현실 인식("실측의 길")을 보여준다. 시든, 삶이든, 그것은 무수한 생의 고비를 대면하면서("고비는 비단길이 아니야"), 그 난관을 한

걸음 한 걸음 넘어서는 여정이다. 그래서 시인은 "흔들리는 고비를 잘 넘어가려면 마음의 고삐 꽉 붙잡아야"('고비사막') 한다고 얘기한다. 시인이 아름다운 풍경 속에 숨겨진 생의 비극적 사연에 주목하거나('활짝 핀 홍매화 보기 됴은 봄날'), 신기루 같은 세상의 허위의식을 비판하거나('허구한 나날의 허구'), 또 동물을 스태미나의 대상으로만 삼는 인간의 탐욕과 욕망을 비꼬면서('염소는 힘이 세다'), 물욕의 위험을 경계하는 삶의 태도를 보여주는 것('불로소득')은 그 때문이다.

시인은 자유로운 세계를 꿈꾸며 호구지책에 붙들린 삶과 과감히 결별하고 있다. 이것은 분명 시적인 사건이다. 시와 삶의 여백에는 수많은 "틈"('빈터')이 존재하고 있다. 그 공간이 절망인지, 희망인지는 누구도 알 수 없다. 김춘남의 시가 말년의 양식이 창조하는 자유의 길로 전진하기 위해서는, 이 시집에서 보여준 시적 통찰에 값하는 언어적 혁신과 탐구 역시 보태져야 한다. 그것이야말로, 현대시가 관조적 크레바스("빈틈")로 추락하지 않는 유일한 방법이기 때문이다. 시인의 힘겨운 도전에 "건투"를 빈다.

朴炯俊 | 부산외국어대학교 교수·문학평론가

1 광장으로 가는 길 │ 이은봉·맹문재 엮음
2 오두막 황제 │ 조재훈
3 첫눈 아침 │ 이은봉
4 어쩌다가 도둑이 되었나요 │ 이봉형
5 귀뚜라미 생포 작전 │ 정원도
6 파랑도에 빠지다 │ 심인숙
7 지붕의 등뼈 │ 박승민
8 살찐 슬픔으로 돌아다니다 │ 송유미
9 나를 두고 왔다 │ 신승우
10 거룩한 그물 │ 조항록
11 어둠의 얼굴 │ 김석환
12 영화처럼 │ 최희철
13 나는 너를 닮고 │ 이선형
14 철새의 일인칭 │ 서상규
15 죽은 물푸레나무에 대한 기억 │ 권진희
16 봄에 덧나다 │ 조혜영
17 무인 등대에서 휘파람 │ 심창만
18 물결무늬 손뼈 화석 │ 이종섶
19 맨드라미 꽃눈 │ 김화정
20 그때 나는 학교에 있었다 │ 박영희
21 달함지 │ 이종수
22 수선집 근처 │ 전다형
23 족보 │ 이한걸
24 부평 4공단 여공 │ 정세훈
25 음표들의 집 │ 최기순
26 나는 지금 운전 중 │ 윤석산
27 카페, 가난한 비 │ 박석준
28 아내의 수사법 │ 권혁소
29 그리움에는 바퀴가 달려 있다 │ 김광렬
30 올랜도 간다 │ 한혜영
31 오래된 숯가마 │ 홍성운

32 엄마, 엄마들 │ 성향숙
33 기룬 어린 양들 │ 맹문재
34 반국 노래자랑 │ 정춘근
35 여우비 간다 │ 정진경
36 목련 미용실 │ 이순주
37 세상을 박음질하다 │ 정연홍
38 나는 지금 외출 중 │ 문영규
39 안녕, 딜레마 │ 정운희
40 미안하다 │ 육봉수
41 엄마의 연애 │ 유희주
42 외포리의 갈매기 │ 강 민
43 기차 아래 사랑법 │ 박관서
44 괜찮아 │ 최은묵
45 우리집에 왜 왔니? │ 박미라
46 달팽이 뿔 │ 김준태
47 세온도를 그리다 │ 정선호
48 너덜겅 편지 │ 김 완
49 찬란한 봄날 │ 김유섭
50 웃기는 짬뽕 │ 신미균
51 일인분이 일인분에게 │ 김은정
52 진뫼로 간다 │ 김도수
53 터무니 있다 │ 오승철
54 바람의 구문론 │ 이종섶
55 나는 나의 어머니가 되어 │ 고현혜
56 천만년이 내린다 │ 유승도
57 우포늪 │ 손남숙
58 봄들에서 │ 정일남
59 사람이나 꽃이나 │ 채상근
60 서리꽃은 왜 유리창에 피는가 │ 임 윤
61 마당 깊은 꽃집 │ 이주희
62 모래 마을에서 │ 김광렬

63 **나는 소금쟁이다** | 조계숙

64 **역사를 외다** | 윤기묵

65 **돌의 연가** | 김석환

66 **숲 거울** | 차옥혜

67 **마네킹도 옷을 갈아입는다** | 정대호

68 **별자리** | 박경조

69 **눈물도 때로는 희망** | 조선남

70 **슬픈 레미콘** | 조 원

71 **여기 아닌 곳** | 조항록

72 **고래는 왜 강에서 죽었을까** | 제리안

73 **한생을 톡 토독** | 공혜경

74 **고갯길의 신화** | 김종상

75 **고개 숙인 모든 것** | 박노식

76 **너를 놓치다** | 정일관

77 **눈 뜨는 달력** | 김 선

78 **거꾸로 서서 생각합니다** | 송정섭

79 **시절을 털다** | 김금희

80 **발에 차이는 돌도 경전이다** | 김윤현

81 **성규의 집** | 정진남

82 **번함 공원에서 점을 보다** | 정선호

83 **내일은 무지개** | 김광렬

84 **빗방울 화석** | 원종태

85 **동백꽃 편지** | 김종숙

푸른사상 시선은 앞으로도 계속 발간됩니다.